KB170171

독고 2

독고 2

3

민 글 백승훈 그림

毒鼓

위즈덤하우스

어서 오세요.
형님.
뭐야? 너.
그놈 얼굴 모르잖아요. 그죠?

저 졸라 뛰어왔다니까요.
형님 실력 보려고.
미친…
근데 마스크는
뭡니까?
어디 있는지나
이야기해.
헤에… 보자.
어디 있나?
아, 근데 형님.
저 이름 알아요?
모르는데?
최성용입니다, 최성용.
기억해주십시오, 형님.

정상대는 어디 있냐?
저기요.
메르시!
메르시 찾아!
염움이여,
일어나세요!
이런 씨!

뭐야?
야. 저기 저 형님이 너 좀 보자신다.
뭐야? 너 누구야?
확
야. 섭하다 야. 너 나랑 중학교 동창이야.
기억도 안 나는 놈이 어디서 엉겨?
쾅
야, 야. 내가 아니고 저기, 저기.

너 뭐야? 처음 보는 놈인데.
확
물어볼 게 있다.
서북고연에 대해서.
서북고연?
정확히는
내부 정보에 대해서.
와… 이 미친놈이.
내가 누군 줄 알고. 너 사람
잘못 골랐어. 따라 나와.

와, 생각할수록 개어이없네.
기천고 서열 3위를 건드려?
굳이 주먹질하고 싶지는 않다. 대화로 충분히 이야기를 나눴으면 하는데.
대화? 뭐 하는 놈인지 모르겠는데 넌 네가 나하고 급이 맞다고 생각하냐?

아니.
뭐야? 갑자기 그렇게 순순히 인정해버리면 덜 때리고 싶어지잖아.
어차피 못 때려.
뭐?
넌 나하고 급이 다르니까.

개새끼가!
턱
쳐
왁

어차피 너한테 들어야 할 게 있으니 다치게 하고 싶진 않다.
와… 나. 이 씨발놈이 지가 뭐라도 되는 것처럼 떠드네. 놔.
!
아… 놔! 놔!
그만 싸우는 거지?
알았어. 놔! 놔!
아… 씨…
내가 알고 싶은 건 서북고연이 돌아가는 체계다.

내 계획은 중간을 먼저 잘라 지시 사항이 제대로 돌아가지 못하게 하고…
야!
운동 좀 했나 본데 그 정도로 설쳐대면 섭하지.
저 새끼도 바짝 올랐네. 이거 놓치면 3대가 후회한다.
띠!
클라스의 차이가 뭔지 몸으로 느끼게 될 거다.
그래?
00:17 / 22:37

들어와. 내가 먼저 들어가면 너 죽어.
원한다면 뭐.
TI
O

컥.
잠깐!

아까 우습게 봐서 미안하다.
이 정도면 나한테 도전할 자격이 있다.
그래?

진지하게 상대해주마.
마음대로.

이번엔 내가
공격 먼저 하는 거야.
한 방에 끝내버린다.

죽었어!
끅!
팍
콱

다다다다
퍽

콰지
스르륵
크으

윽.
더 싸울래?
아… 아니요.
넌 동영상 지워.
일어나라.
에?

지우라고.
아… 예.
아우 씨. 아까워.
여기서 이야기하기엔 좀 그렇지? 어디 가서 밥이나 먹자.
roTenaldo
KING
내 얼굴은 모르는 걸로 해.
예, 형님.
예.

지금부터 이야기하지.
넌 어떻게 돈을 버는 거냐?
그게… 서북고연에서 일정하게
거둬들이는 게 있습니다.
학교 회비가 있고
교내에서 자체적으로 거두는 게 있고.
거기서 이사회에서 먼저 갈라 먹고 남은
돈을 3학년 선까지 나눠줍니다.
그런 식이면 내부 불만이
있을 것 같은데?
예. 그래서 전
1학년들 거둬들이는 거에서
조금 삥땅 치고 있었고요.
삥땅?
예.
1, 2학년은
어떤 식이지?

교내에서는 일주일에
두당 5천 원씩 거둬들이고요.
서북고연에 가입하지 않은
학교 학생 상대로 무차별적으로
삥을 뜯습니다.
그러니까 삥을 뜯긴 애가
대신공고라 치면 거기서
잘 치는 애가 우리 학교 건들지
말라고 나오긴 하는데.
그러면 다굴로
죽여놓기 때문에 결국
조용해집니다.

1, 2학년 돈 관리는 누가 하는 건데?
다른 학교는 모르겠는데 우리 학교는 2학년 짱 유시현이 맡고 있습니다.
1학년은 배한규. 저한테 삥땅 친 돈 들고 오는 놈이고요.
백푸른을 다굴로 잡았다는 말이 있던데?
예. 이사회가 갑자기 밤에 우리 모두 소집하더니 다굴로 잡는 거 보여줬습니다. 한창공고 이민협이 돌로 받혀서 백푸른 팔 부러뜨렸고요.
그래서 안 나온 거였구나.
그 외 특이 사항?
이사회에서 현덕고를 용병으로 씁니다.

현덕?
예. 현덕고를 먼저 장악해야 다른 학교 잡기가 쉽다고 요즘은 그쪽에 신경 쓰고 있습니다.
현덕을 용병으로 쓴다… 돈으로 사는 관계라면 돈줄을 끊어놓고 이간시키면 된다.
단, 거리에서 삥 뜯는 건 어느 정도 막을 수 있다. 하지만 그렇게 되면 교내에서 거둬들이는 돈을 더 늘리면서 학교 안으로 숨어버릴 수도 있어.
그렇게 되면 태산고가 여러 개 생기는 것과 같은데…
일단은 거대하게 뭉쳐 있는 학교 중 하나를 잘라내야 한다.

서북고연 중에서 제일 만만한 학교가 어디야?
한창공고요.
한창?

예. 원래 유승호가
짱이어야 하는데 죽었거든요.
그래서 부짱 할 놈이
짱 하고 있습니다.

거기다 거긴
총무가 서희연이거든요.
여자애라 잡기 쉽습니다.
부짱 한지훈이
주먹으로는 일짱이라며?
예. 근데 성질이 너무 더러워서
아무도 따르는 애가 없습니다.

그래서 부짱인데
민협이랑은 잘 어울립니다.
기천 3위면 걔들이랑
자리 정도는 만들 수 있지?

예. 한 번에 만나시게요?
기한은 사흘.
만들고 연락해라.
예.
예.
후우…

야. 미쳤어?
첫 타로 한창이라고?
그럼?
한번 좆 돼보라지.
여보세요? 어, 한지훈.
나 상대, 상대.
야. 근데 내가
어이가 없어서, 참… 어떤 미친놈이
너랑 민협이랑 둘이 같이 덤벼도 좁밥이란 거야.
유승호가 진정한 짱이지 니들 유승호
미만잡이란다.
어떤 새끼인데?

뭐? 나?
받아.
여보세요?
너 누구냐?
뭐가 누구야? 쫄리면 덤벼보든가!
좆도 아닌 게 목소리 깔면 다야?
너 같은 건 내 눈만 보면
기어 다니게 만들어줄 수도 있어!
오오…!

…상대 바꿔라.
여보세요?
나 조금 열 받는 것 같아. 오늘 되냐?
민협이도 데리고 나와. 후딱 끝내고 오랜만에 우리끼리 밥이나 먹자.
내일 어때?
좋다.
알겠어. 그 자식 내일 안 나오면 찾아내서 죽인다고 해.
오케이. 오케이.

갱생기

.....
더 맞을래?
쥬왑
안깝치기예요

얼굴은 왜 그래?
서북고연에 당했다.
너도?
정말 안 할 거냐?
안 한다니까?

나 네 별명 팔았는데?
내가 너 지목하면
안 싸울 수 없을 텐데?
그런 성격 아닌 거 안다.
비겁한 새끼…
이렇게 비겁한 놈인 줄 몰랐네.

작년에 사건 터지고 조사 받을 때 네 형 이야기 자세히 들었다.
…
아무 힘도 없으면서 부당하니까 맞선 사람이라고 하더라. 자기 같은 약자도 맞서 싸울 수 있다는 걸 보여주려고. 그냥 당하고만 있지 말라고 애들한테 메시지를 보낸 거라고.
…
그래서?
네가 더 잘 알지?

부끄러운 줄 알아.
개새끼야.
…
지금 네 일 아니라고
그러는 것 같은데 곧 네 일이 된다.
남의 일이라고 외면하다 보면 결국
네 코앞까지 닥치는 거야.
그렇게 생각하면
너 혼자 하지?
왜 날 끌어들여?
끝까지 비겁한
소리만 하네?

꺼져.
내가 사람 잘못 봤어.
...
네 방법은 안 돼.
너무 시끄러워져.

사
김다빈!
김다빈 누구야?
어… 어. 왜 그러세요?
나와라.
예?
나오라고!

철컹
강범구
기준호
내려가라.
난 이거랑 할 말 있다.
깜짝이야.
이사인 줄 알았잖아.
뭐?
우리가 뭐로 보이는 거야?
너 미쳤냐?
어디서 콩알만 한 놈 괴롭히려고
데리고 온 모양인데 이 학교에서까지
양아치 짓이냐?

괴롭힌다고?
형. 이것들도 같이 넘겨.
어차피 돈 받으려면
다 넘겨야 될 놈들인데.
넘겨?
누굴 넘겨?
자, 잠깐만…
잠깐만요.

돈 받는 게
무슨 소리예요?
서북고연이 우리 학교
건드리기가 까다로워서 잡아달래.
그러니까 늬들은 잡히면 돼.
하아…
그런 이유였어?
그럼 나 잡았다고 하고
돈 받아 써.
!
그런 방법이 있었네.
근데 어쩌지? 처 맞고 쓰러진 거
사진 찍어서 보내줘야 하는데.
어떻게 해줄까?
엎드려줄까?
내 머리 발로 밟고 찍어.

이 녀석은 말이 통하네.
그렇게 나오면 우린 편하지.
근데 말이야.
서북고연이란 거 고등학교
애들일 텐데 그냥 우리가 걔네들 밟고
돈 갖다 바치라고 하면 안 되나?
이것도 인연인데
일단 우리 창립 멤버로 해서
서클 하나 만들어보지?

뭔 개소리야!
갑자기 무슨 서클이야?
아니, 난 무슨 말인지 알 것 같아.
일단 너희는 우리 잡은 척하고 돈 벌어.
그리고 학교 애들 좀 모아보자.
열 명만 모으면 서북고연쯤이야.
그래도 서열은 정해야지.
난 그냥 3등 할게.
아무래도 얘네들이 1, 2등을 해야
서북고연과 편하게 말이
오갈 테니까.
미친놈이 누구 맘대로
3등이야? 쥐콩만 한 게.

실력은 1등이지.
근데 내가 3등 해주겠다고.
갑자기 이게 나를 열 받게 하네.
너 이리 와. 오늘 넌 죽어야겠다.
에이, 참. 이 학교에선
착하게 살려 했는데.

쉬익
쉬익
쉬익
앗!
뭐야!

…!
날 뺐으면
네 얼굴 갈았어.
!
징그러운 놈이잖아?
야, 상대야.
어젠 내가 기분이 나빠서
바로 튀어 나가 밟을까 했는데
하루 지나니까 생각이 바뀌네.
찬
뭔 소리야?
안 싸우려고?
응.

하긴 너하고 레벨이 안 맞지. 그럼 취소할게.
아니. 그럴 필요는 없어.
응?
내 손으로 때리는 건 내 손이 아깝고 그냥 애들 시켜서…
다굴 시켜버리려고.

다굴?
그거 재밌겠네.
빠앙

언니.
하이!
너 왜 또 왔어?
멀쩡하게 돌아다니면 또 건드린다니까?
에이. 당분간 학교에 못 가. 아파서 못 가는 척이라도 해야 나 안 건드려.
나 참… 올라와.

어젠 피자 안 시켰어?
혁이 어제부터 3주 휴가 냈다더라.
에? 혁이가? 왜?
글쎄?
걔도 서북고연에? 아닌데?
그런 쭈글이를 굳이 저격할 리가 없잖아? 엄마 간호하는 건가?
가만!

작년 태산고 잡는 데 3주였나? 혹시…?
예, 형님. 상대한테서 연락 왔고요. 제가 지도 톡으로 보내드리겠습니다.
예, 형님. 조심히 오십쇼!
뭐 하냐?

왔어?
가자. 너도 참관해야지.
당연하지.
지겹다. 지겨워.
발판.

여어! 한지훈.

저거야?
아니야. 금방 올 거야. 민협이는?

이사회 갔다. 반 형제가 오늘 하루만 세 명 잡았다고 청구액이 많대.

근데 저건 뭐야?
이거?

이 새끼도 같이 까고 싶어서.
자꾸 나한테 엉겨 붙잖아.
!
야… 농담이 지나치다.
응? 친구야.
야… 야, 중학교 동창.
왜 이래? 상대야. 응?
이봐. 자꾸
나한테 친한 척한다니까?
그리고 어제 너하고
통화한 놈 이거야.
!

너 도발한 건 이 새끼라고.
그래? 그건 안 되지.
에이 썅!
잡아!
쩍

아… 씨.
받아… 받아… 받아요! 좀.
아!
탁
탁
여보세요?

형님! 오지 마세요!
여기 수십 명 있어요!
오면 죽어요!

컥!
피이이이
퍼억
퍼억

형님! 오지 마…
오지 마세…요…

콰직
아…
야. 비켜봐.
막타 내가 넣게.

사… 상대야.
빡

빠앙

어? 이사님?
집이 어디죠?
방향 같으면 태워줄까요?

저 서동 가는데요?
타요.

헤에. 감사합니다.
왜 이렇게 늦게 가요? 학교 벌써 마쳤을 텐데.
그냥요. 오늘도 고슬기 안 왔거든요. 심심해서 그냥 거리 구경하고 있었어요.
끄르르륵
밥 먹을래요?
아, 아니요. 괜찮아요.
아니, 내가 배가 고파서.
아… 힛힛.
뭐 먹을까요?

근데 말씀 놓으시면 안 돼요? 제가 너무 불편해서.
그래요? 그럼 그러지 뭐.
그럼 전 짜장면.
중국집? 오케이.

야. 왜 안 오냐?
아까 저 새끼 소리치는 거 듣고
도망간 거 아냐?
그러게. 튀었나?
내가 전화해볼까?
1분에 열 대씩 추가한다고 해라.
만약 안 오면 지구 끝까지
찾아내서 바른다고 하고.
누가 옵니다!
아 놔. 너한테 찍혀서
인생 꼬였어. 그 자식.

어… 형님…

뭐야?
얼굴은 왜 가려?

얼굴 알려지면 귀찮대.
웃기는 놈이네.

야. 튈 수 있으니까
출입구 막아.

뭐 해? 안 따라오고.
네?
홀에서 먹으면 귀찮잖아.
룸 괜찮지?
저희 레스토랑의
시그니처 메뉴는
북경오리입니다.
오늘 샥스핀,
전복이 괜찮습니다.
나중에 부를게요.
네.

메뉴판 봐.
짜장면이 25,000
볶음밥이 28,000원?
너무 비싸요.
그 정도는
나한테 있어.
그, 그래도…
천천히 봐.
코스도 괜찮고.
다 맛있어 보이는데…
뭘 먹어야 할지 모르겠어요.

다 시켜.
네? 안 돼요.
비싸기도 하고
다 못 먹어요.
누가 다 먹으래?
네?
맛만 보고 버려.

대체 왜…? 오지 말라고 그렇게 소리쳤는데…
뭐야? 지금 저거 막아선 거야?

대략 스무 명 정도.
잘됐어. 오늘…
눈 굴리는 거 봐라.
답 안 나오지?

얼었네. 병신.
한창은 없어진다!

퇴로 열어줄 테니 튀어.
예?

혼자 싸우려고
한다? 깡은 좋네.
깡이 아냐.
응?

만용이지.
하긴.
똑똑히 봐.
어떻게 발리는지.
스윽
뭐 하냐?
파
칙

끼이익

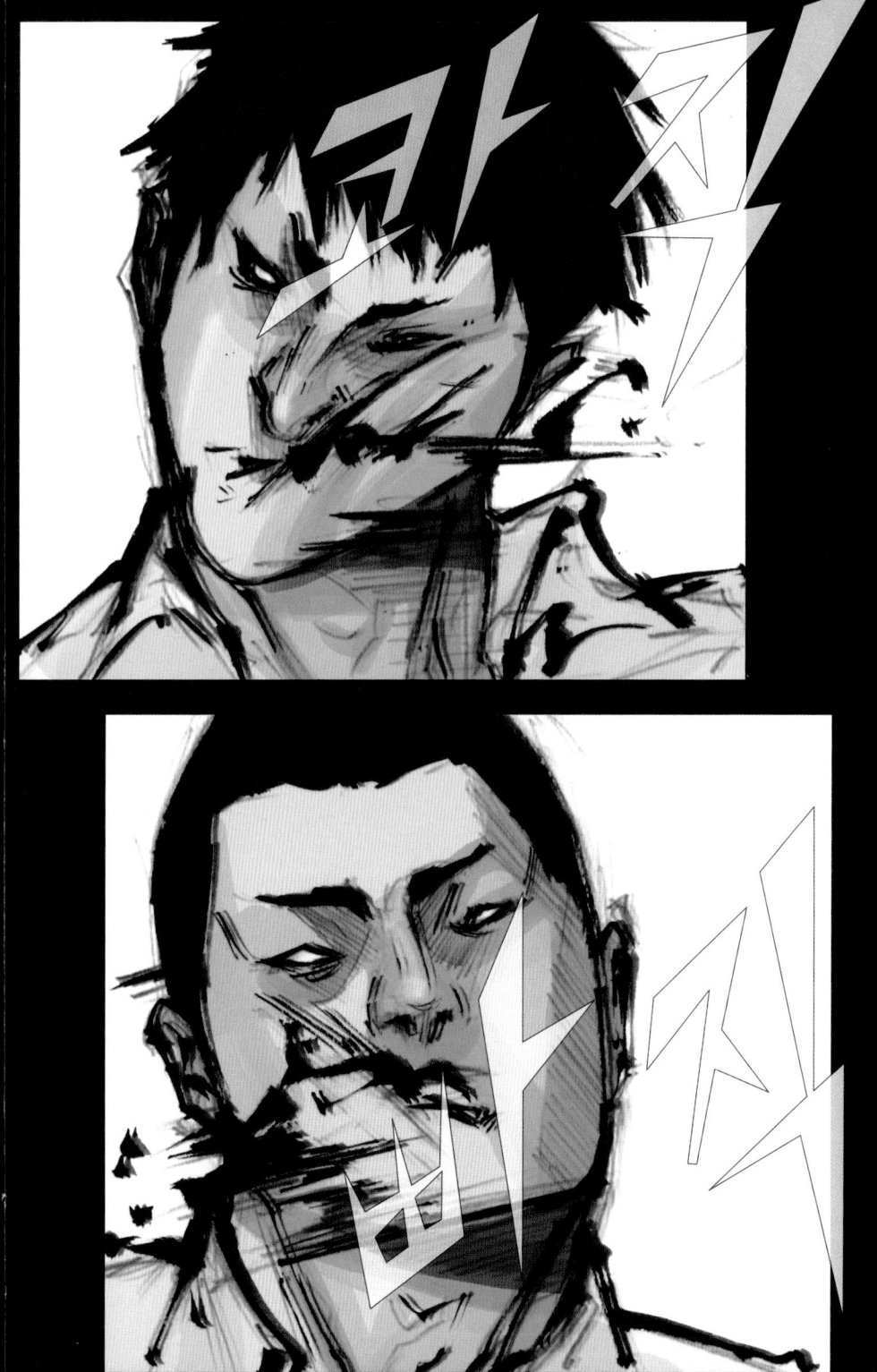
카
쉬
바
쉬

야. 이 새끼 장난 아니다.
모두 꺼내.

뭐야? 지금 공구 꺼내 든 거야?
이렇게까지 하고 싶진 않다.
이쯤에서 내 앞에 무릎 꿇어.

밟아!
이야아아!
카지지
시이이

컥!
빡
피이익
퍽
쿠이이이이
쿠이이이이

모두 비켜.
그 정도면 자부심을 가질 만한 실력이다. 인정한다.
…
보니까 주먹만 쓰던데 복싱이야?
…
그 정도 복싱으로 설치는 꼴이라니…

너한테 결코
무너지지 않는 벽이
뭔지 가르쳐주마.
지… 지훈아.
도와줄까?
아무도 나서지 마.
너희가 다쳐.
어. 그래…

이렇게까지 나를 불타게 만든 건…
뭐야?

입 그만 털어.
이 개자식이!
저 주먹에 걸리면 끝난다.
붕

쉬익
붕웅
걸렸어!

지… 진짜 맛만 봐요?
그럼?
부자들은 다 이렇게 살아요?
아니. 나 같은 하급 부자나 그러는 거지. 진짜 부자들은 검소한 사람이 더 많아.
아…
보통 돈 있는 거 자랑하면서 갑질하는 놈들은 남이 일궈낸 성공에 얻어 탄 인간들이지.
갑부 자식이라든가 갑부 남편이나 마누라?
혹은 재벌 2세나 3세. 스스로 일궈낸 부가 아니라 태어날 때 가졌던 거라서 부의 가치를 모르지.
이사님 같은 부자들도 명품 같은 거 사요? 어떻게 사요?
그냥 가만히 있으면 연락이 와. 물건 들어왔다고.
외국에 나가서 안 사요? 싸잖아요.

귀찮게 왜 짐을 늘려?
진짜 부자들은 싸게 사야겠다는 개념이 없어.
아무리 돈을 써도 다음 날 통장에
이자가 꽂혀서 메워버리거든.
와… 진짜
딴 세상 이야기네요.
난 나이롱 부자.
황새 쫓아가는 뱁새.
아! 다리 찢어졌다~!
으악! 으악!
방금 귀여웠어요.
90점!
하하. 고득점이네?

반은 넘어온 것 같고…

천천히 삼키도록 하지.

쩌억
누가 주먹만 쓴대?

쓱쓱
쿵
전해.
예… 에?
콰직

독고가 서북고연을
해체한다고.

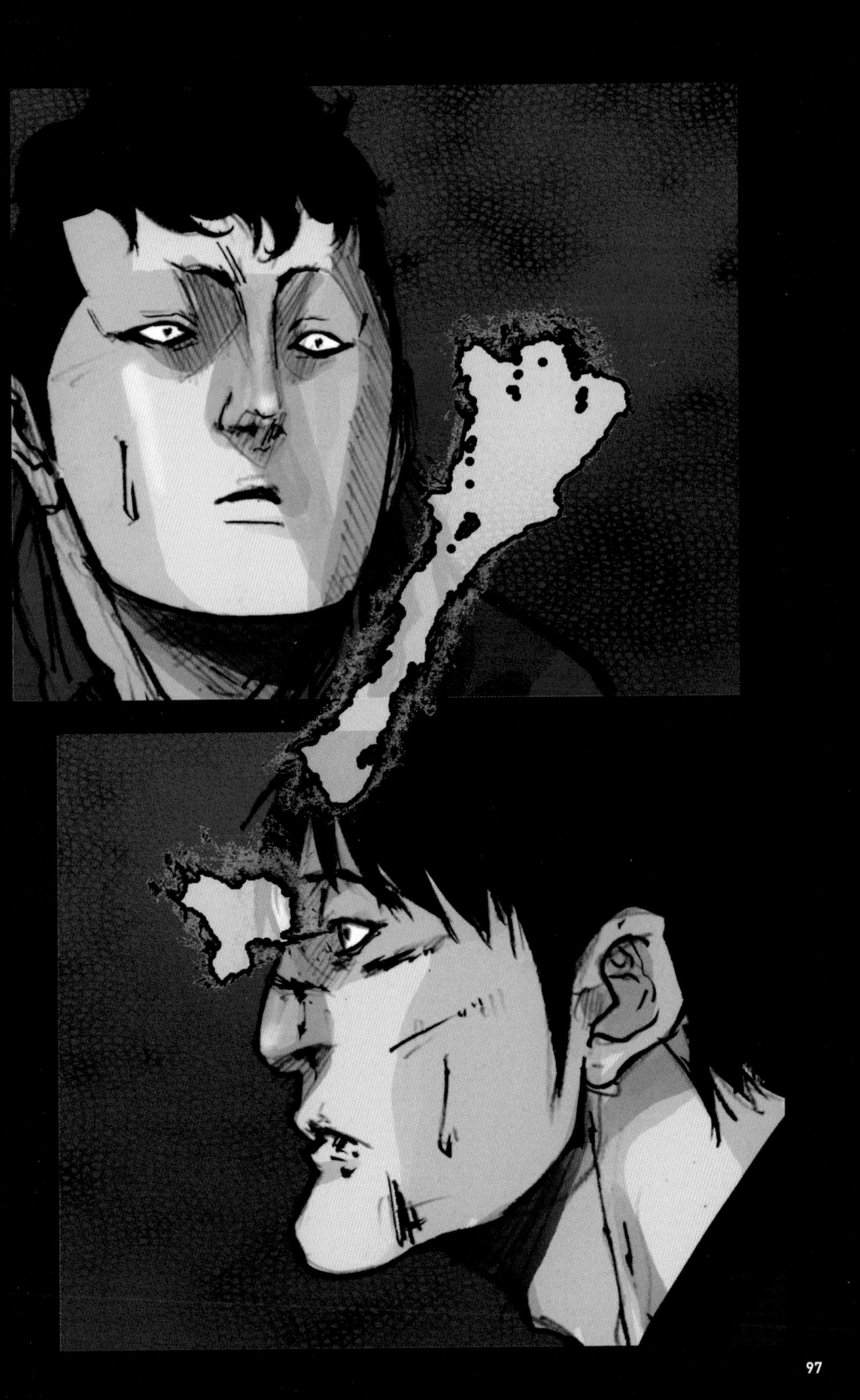

목이 짧아 슬픈

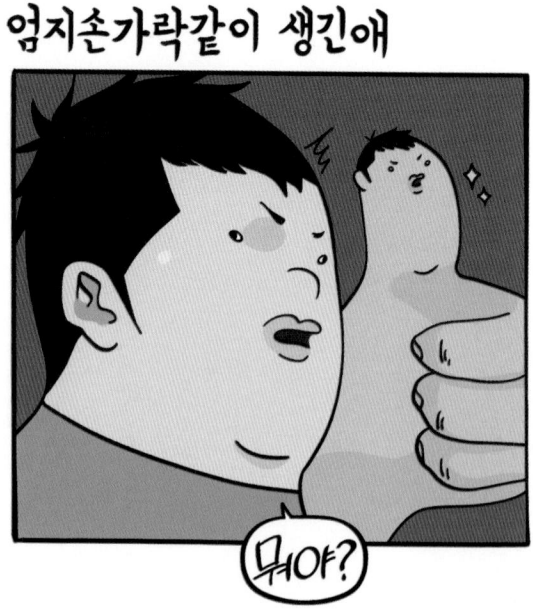

엄지발가락같이 생긴애

투게더 트레일
진달래 영토
반씨들이 오늘 하루만 김다빈, 강범구, 기준호 세 명을 넘겼어.
돈독이 올랐나? 뭐 이렇게 빨라?
너무 빨라.
이런 식이면 우리 돈 벌어서 남 좋은 일 시키는 거 아냐?

걱정 마. 이 정도면
현덕고 내부에서도 알려지기 시작할 거야.
반씨들한테 대응할 수 있는 쪽을 꼬셔서
내부 분열을 유도해보려고.
카하. 유식하다. 이런 쪽으로
머리 잘 돌아간단 말이야.
띠리리리
응.
뭐?
왜 그래?
그 자식
아직 거기 있어?

뭐야? 왜 그래?
우리 학교… 당했어.
응?
독고가 서북고연을 해체한다는데?

방금 뭐라고 했어?
뭐?
독고라고?

왜? 독고가 왜?

...

2년 전이다.
2년 전 짱이었던 명진환이
졸업생 조강훈과 편을 먹었어.

종일 선배가 명진환 넘기려고
반란을 일으켰는데 그거 막으려고.

조강훈은
난공불락이라는 별명을 가지고 있었어.
만약 조강훈이 명진환과 힘을 합쳤다면
종일 선배 반란도 실패했을 거다.

그럼 조강훈이 배신한 거야?

아니야. 종일 선배 친구가
조강훈을 막았어.

그 사람이 바로 독고야.

종일 선배가 반란은 성공했는데
그것 땜에 학교는 결국 그만뒀지.
정래 선배가 종일 선배 대신
서클 회장이 되었고.

우리 학군의 짱은 종일이다.
내가 아니야.

그런데 종일 선배가 독고의 이름을 퍼뜨렸어.

독고가 조강훈
잡아주지 않았으면 나도 없어.

진짜는 독고야.

우리 학군에선 독고라는 별명이 제법 알려져 있다. 일한이 너도 알지?
사실…

이세운 잡았을 때 이세운이 독고를 팔았어.
뭐? 왜 이야기 안 했어?

쳇.
왜?

계속 모르는 이야기인 척하려고 했더니 이야기할 수밖에 없게 됐네.
뭘?
내가 독고와 싸우다 개털렸다. 얼마 전에.
뭐?
너희랑 통합하기 전 이야기야.
그럼 어떻게 생겼는지 알겠네?
아니야. 얼굴을 가리고 나타났거든. 근데 2년 전에 혹시 너희는 못 봤어?

그게…
우리가 명진환 편에 서 있었지만
사실 종일 선배가 더 좋았거든.
그때 종일 선배한테 빨리 얻어맞고
1학년들은 아픈 척, 기절한 척하고 있었어.
그리고 싸움이 한창일 때
누가 왔었는데…?

한 명은 머리가 노랬어.
키가 엄청 컸고.
그리고 두 명이 더 있었고
한 명이 잘 기억 안 나는데.

잠깐만!
뭐야?
끝났나?
어쩌라고?
주먹은 왜 내밀어?
아… 이것들이 센스 없게.

아아!
넌 왜 같이
바보가 되어가는 거야?

묶어 올린 헤어스타일…
그래!
그 녀석이 독고다!

본능

거시기 그… 퍼런 거.

안녕하세요?
슈퍼
어. 오늘도 라면이야?
그렇죠. 뭐.
자넨 가족이랑 안 살아? 혼자 사는 것 같아?
예. 예전에 운동할 때 뒷바라지한다고 같이 살긴 했는데 제가 운동 그만두고 고향 내려가셨어요.
자넨?
저는 뭐 이 동네가 고향이나 다름없어서요.
여기가 제일 편해요. 친구도 서울에 다 있고.
교복 입고 시 물품 구입 할인 20%
어? 이거 뭐예요?

여기 오피스텔에 대학생들 많이 살잖아.
스승의 날에 교복 입고 대학 가고 그러더라고.
그거 보고 생각한 거지.
교복 구입 시
물품 구입 시
20% 할인
한 달에 한 번씩 그냥 하는 거야.
알뜰한 학생들은 이날만
기다렸다가 왕창 사 가거든.
오늘 스승의 날도 아닌데요?
저도 교복 입으면
할인해줘요?
아, 그럼.
자, 잠깐만요.

선복슈퍼
다다다
밥
다다다
끼익
자
빌라
타

그렇지.

아…
그때보다 5kg밖에 안 쪘는데 왜 이래?
슈퍼만 갈 건데… 뭐.

넌 왜 따라오냐?
예?
배신하고 따라붙는 건 너무 넉살 좋은 거 아냐?
죄, 죄송합니다.

너희 모두 내 앞에서
알짱거리지 마라.
예?

사람이 많으면 오늘 같은 일이 생기는 거야.
나 혼자면 일이 잘못되어도 나 혼자만 다치면 된다.
아… 우리를 보호하기 위해서?
난 배신까지 했는데 오히려 날 생각해주다니…

표정들이 왜 그래?
하여튼 전면에 드러나는 건 나 혼자면 충분해. 상대는 독고라는 이름은 알아도 내가 누군지 모르니 실체가 없다고 느끼게 될 거다.
너희한테 받을 정보도 다 받았고.
혀… 형님.
왜?
아까 한창 애들 전부 다 깨는 거 보고 감동받았습니다.
지… 진심으로 형님이 서북고연 깨는 거 보고 싶어졌습니다. 고급시계보다 더 재밌어요.
그, 그래서 제가 진짜 정보를 드리고 싶어졌습니다.
진짜 정보?

이 정도 라면이면…
선복슈퍼
어머, 걷는 게 왜 저래?
포경수술했나 봐.
깔깔깔.
에이.
밥
내가 돌아간다.
앗… 악.

소리 내지 마.
차렷, 차렷 하라고.

마! 거기!
애 괴롭히고 뭐 하냐?
이건 뭐야?

뭐야? 저거.
우리 학교데?
우리 학년에
저런 놈 없고 1학년 아닌가?
걷는 게 왜 저래?
야. 가! 빨리 가!
1학년 새끼가 미쳤나?
선배들 앞에서 반말을 해?
이거 정신 나간 놈인데?
골목길에서 사람
괴롭히는 거 나 더럽게
안 좋아하니까 깝치지 말고
꺼져.

개새끼가!
쾅
꾸우

진짜 정보라니?
학교마다 삥을 뜯으러 나가는 동선이 있습니다.
뭐?
서로 구역을 나눠서 동선대로 삥을 뜯고 일주일 단위로 이 구역이 바뀝니다. 이건 각 학교에서 서열이 높은 애들만 알고 있고요. 우리 학교는 제가 관리합니다.
하는 짓이 딱 조폭 같네.
죄… 죄송…합…
계속 이야기해봐.
이 구역을 미리 알고 막으면 돈줄에 타격을 줄 수 있습니다.

야. 교내에서도 거둔다며? 5천 원씩.
그렇다고 외부에서 들어오는 게 막히는데 가만히 있겠냐?
다른 학교도 알고 있는 거야? 너희 학교만 알고 있는 거야?
남의 구역 들어가면 안 되기 때문에 다른 학교 구역도 알고 있습니다.
근데 밑에 애들은 우리 학교 구역만 알고요.
구역 내 동선이 있다고…?
예. 몇 군데는 일부러 뺍니다. 그러니까 이번 주 구역이 동화1, 2동이면 이걸 일곱 단위로 쪼개서 두 개 정도는 일부러 뺑을 뜯지 않습니다.

거기다 한 곳에만 집중되지 않게 일주일간 불규칙적으로 동선을 짭니다.
오늘은 여기 아니네. 횡단보도 건너자.
이런 체계는 누가 만든 거냐?
유림정보고 김종석이요. 이 녀석이 매주 각 학교당 관리 구역을 짜서 메일로 보내줍니다. 받는 즉시 바로 전달해드리겠습니다.
김종석?
머리가 좀 얍삽하게 굴러가는 놈이라서요. 꼼수는 이 새끼 머리에서 다 나온다니까요.
돈의 흐름이 막히면 가장 먼저 관리자인 김종석의 능력이 의심 받게 될 거다. 그렇다면…

한창을 없애 손 하나를 잘랐고
이제 김종석을 잘라 서북고연의
두뇌를 제거한다.
그리고 너희 모두
내 옆에서 얼쩡거리지 마라.
다친다. 특히 너.
예! 옙!
예?
대외적으론
한창공고 애들과 함께
장렬히 전사한 걸로 해.
예!

이… 이… 안 놔?
그 녀석 참.
끄으으으으으…
아… 아파… 아파…
손 안 놔?

ii하아아아으으

야. 너 죽고 싶지?
야야. 가라. 가.
주기

그거도
협박이라고 하는 거냐?
개새끼가!

콰직!

끄악!

쉭

참교육 시전하는 의미에서.
끅!

툭
으잉?
확!
지지지
바지가 살린 줄 알아.
안 꺼져?
다다다

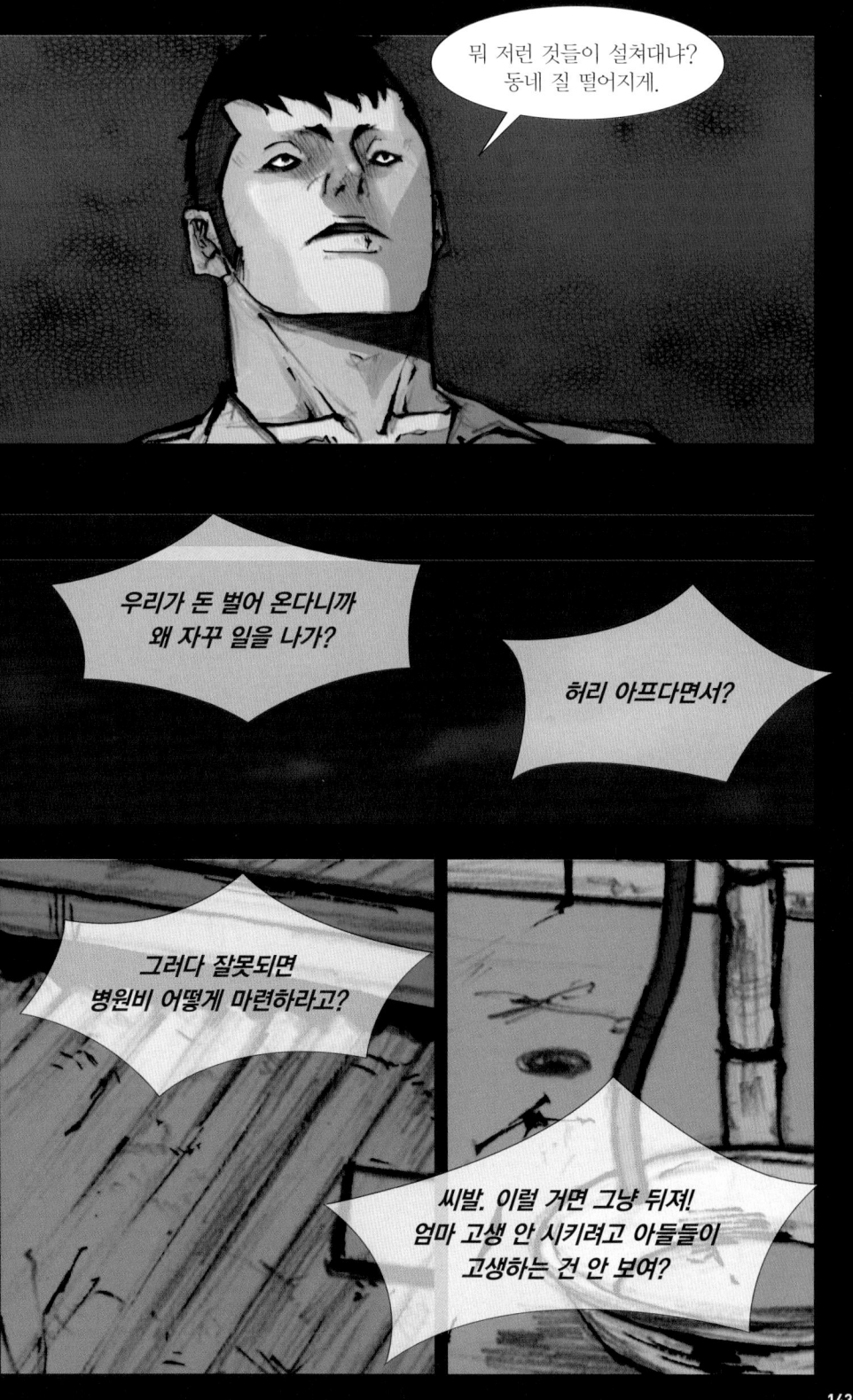
뭐 저런 것들이 설쳐대냐?
동네 질 떨어지게.
우리가 돈 벌어 온다니까
왜 자꾸 일을 나가?
허리 아프다면서?
그러다 잘못되면
병원비 어떻게 마련하라고?
씨발. 이럴 거면 그냥 뒤져!
엄마 고생 안 시키려고 아들들이
고생하는 건 안 보여?

철컹
뭐냐?
언제까지 미련하게 살 거야? 시키는 대로 학교도 다니고 있잖아!
집이 좀 시끄럽네요? 나중에 걸까요?
아니야. 말해.
이세운 잡을 때 현덕고에 독고 있다고 들었다면서요?

그런데?
오늘 잡은 세 명은 일주일 안에 입금할 건데요. 다음에 다른 놈 다 필요 없고 독고만 잡아서 인증해주세요.
독고?
예. 독고는 특별히 300 드릴게요. 이 새끼가 우리 해체한다고 공공연히 떠들고 다니는 모양인데 같잖아서요. 저쪽 학군 애들은 무슨 레전설처럼 떠받들고 있어요.
독고 한 명만 잡는데 300이라는 거지?
예. 근데 누군지는 몰라요. 현덕고에 다닌다는 거랑 독고라는 별명만 알아요.

NUDIE JEANS
그 새끼 찾아서…
좀 밟아주시죠, 형님.
뭐래?
뭘 뭐래? 알겠다고 하지.
잠깐만 인상착의 톡으로 좀 보내고.
우린 이제 뭐 하냐?

일단 현덕고 사냥 속도는 늦춰놨으니까 천천히 생각해보자. 급할 거 없어.

진짜 독고인지 독고를 파는 놈인지 확인해야 하는 거 아냐?

얼굴을 가리고 나타난 걸 보면 맞을 거야. 어쨌든 가장 좋은 건 반씨들과 독고를 붙여서 둘 다 타격을 입히는 거야.

그런 후에 둘 다 다굴 치는 거지.

부웅

음?

왜요?

아니.
지하철역 다 왔네.
저녁 감사해요, 이사님.
늦겠다. 어서 가.
네.
철컥

찰아악
문 앞에 새 옷 걸어놨다.
고… 고맙습니다.
집에까지 들여주시고.

내 집 아니야.
재벌 3세 친구가 가지고 있는
오피스텔 중 하나야. 앉아.
왜?

제가 살던 집보다 여기 텔레비전이 더 크네요.
84인치라고 했나? 진열이가 TV 큰 걸 좋아해서.
지네 집에 105인치짜린가? 1억짜리 TV 있다더라.
어떻게 된 거야? 팔은 왜 그래?
예…
많이 아물었습니다.

얘기 좀 해봐.
그냥…
돈이 필요…했습니다.

승호야! 승호야!
이 미친놈아!
피이익
여기가 어디라고 기어 들어와? 너 내가 죽여버릴 거야!
그만해라.
그만. 그만.

자네 변호사가 시킨 거지?
장례식에 가라고.
아, 아닙니다.
정말… 정말… 죄송합니다.
그럴 줄은 진짜 몰랐습니다.
하아…
자네 변호사가 그러더군.
미성년자고 우발적 살인이고
자네가 깊이 뉘우치고 있어서
실제 큰 벌은 받지 않을 거라고.
그러면서 소년범들이 저지른
사건과 형량을 하나하나 보여주더군.
…

몇 년 옥살이 시켜서
나한테 남는 게 뭔가 싶고…
자네 돈 벌어봤나?
예. 조금…
그래. 그럼 돈 버는 게 얼마나
더럽고 힘든 일인지도 알겠군.
자네 평생 동안 나한테
우리 승호 목숨 값이라고 생각하고
1억만 갚아. 한 달에 만 원도 좋고
10만 원도 좋아.
…예?

적어도 돈을 버는 동안에 못된 짓은 못 할 거야.

그렇게 평생 속죄하고 살게.

죄송합니다.

그랬었지. 기억하고 있어. 그런데 너한테 돈이 있다고 하지 않았어?

동생 눈 수술시켜주려고 모아놓은 돈이 있었는데 그거 전부 다 줬습니다. 그래서 돈이 필요했고 3천만 원을 한 번에 갚을 수 있겠다 싶어서…

지금 얼마 남은 건데?

8천만 원이요.
근데 사채를 조금 써서…
미성년자한테 사채 주는 놈이 있어?
뭐 좋아. 전부 내가 대납해주지.
예?
대신 내가 하라는 일은
똥을 먹는 일이라도 해야 돼.
진짜 그런 거 시키지는
않을 거야. 걱정 마.
…

하, 하지만 왜 또 저한테 도움을…? 그 큰돈을…
푸른아.
예.
이제 착하게 살고 싶지?
돈만… 갚으면요.
근데 말이다. 세상은 네가 아무리 착하게 살려고 발버둥 쳐도 곱게 보지 않아.

네가 아무리 진심을 다해도 사람들은 너한테 살인자라고 손가락질하고 비난만 할 거다.
네가 부당하게 당한다 쳐도 당해도 싼 놈이라고 외면할 거다. 그게 이 세상이야.
그건 네가 못되어서가 아니라 네 힘이 강하지 않기 때문이야.
그럴 바엔 힘을 가진 사람의 개가 되라.
!

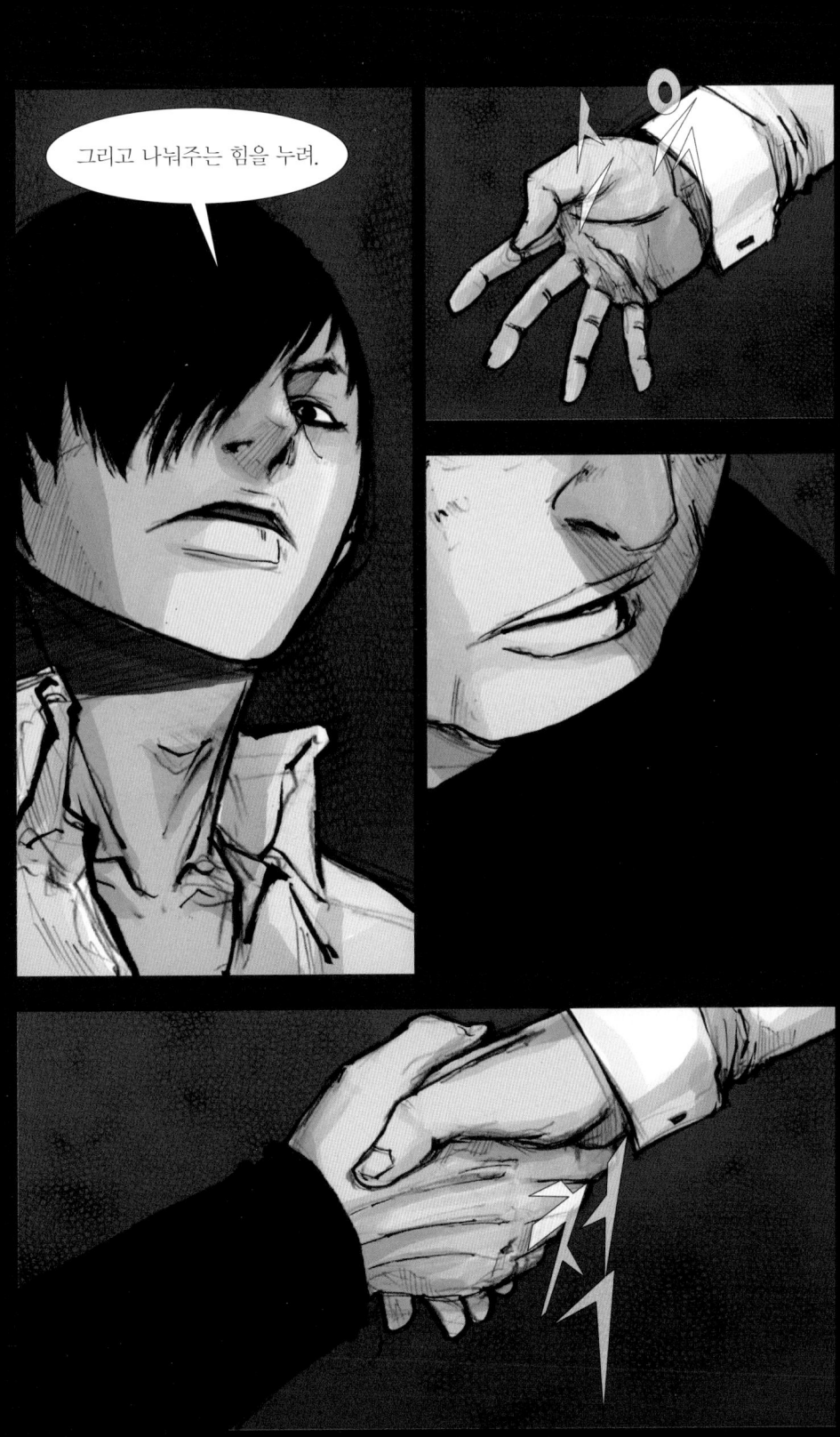
그리고 나눠주는 힘을 누려.

그래. 우선 병원에 입원해서 제대로 치료를 하는 게 좋겠어. 팔이 완치되고 나면 그때 다시 이야기하지.
고맙… 고맙습니다.
아 참. 동생 눈에 문제가 있니?
앞이 안 보여서 안구 이식수술을…
각막이식이겠지. 수술비가 네가 상상하는 것만큼 비싸지는 않아. 이식할 각막을 기다리는 게 문제인 거지.
아…

아는 병원이 있으니 당장 데려가도 돼.
아, 아닙니다.
놀랄 필요 없어. 다른 세상을 누려봐.
혹시 알아?
응?
고슬기 사흘째 안 나왔어. 무슨 일 난 거 아닌가 싶어서. 너랑 사귀잖아.

나랑 사귄다고?
뭐야? 21세 이상 반 애들이잖아.

앉아!
거기 앉아!
긴말하지 않겠다.
독고 아는 사람 손.
아무도 없어? 쌍!
이름이라도 들어봤으면
손 들라고!
우리 나이 때는
그런 녀석 없었다.
20세 이하 반에 분명히
아는 놈이 있을 텐데?

분명히
20세 이하 반에 있어.
독고란 놈 여기 있으면
나와. 말로 할 때.
아 이,
개새끼들이…
됐어. 학교에서 사고 치지 마.
010-2001-6
머리 묶어 올린 놈 보면
이쪽으로 신고해라. 알겠어?

그리고 학교 다닐 때
너희 또래 양아치들하고 연락해서
독고 알아봐. 2년 전까지 싸움질하고 다녔다니까.
이 학군 내에서는 아는 사람 있어.
내일 이 시간까지 신고 없으면
누구 한 명 죽는다.
여기 혹시 독고란 놈
있다면 잘 들어.
너 하나 때문에 애들
하루에 한 명씩 밟히는 거야.

바찢남

노출의 단계

연예인 배달의 민족 미세먼지

오늘 밤 7~10시.
2학년 짱 유시현 외 3명이
다니는 구역 정보입니다.
한창 애들 깨져서
구역 커버 친다고 범위가 좀
넓어졌습니다.
유시현은 이렇게
생겼습니다.
한창은 짱이라는
놈만 빼고 아웃시켰고…
기천고를 건드리다 보면
저 녀석들이 나오겠어.

야. 안 보이지?
범위가 너무 넓나?
그러지 말고
네 후배한테 연락해서
어디 있는지 좀 물어봐라.
그럼 시현이 깨지고
바로 나 의심할 텐데? 미쳤냐?
아… 형님이 깨는 거 봐야 되는데.
다들 어디 있는 거야?
야. 국어 치마
개짧았지?
탱구 묵음 앱으로
찍다가 걸려서 개처맞고
난리 났어.
찍은 거 봤어?

못 봤지. 다 삭제했는데. 데이터 복구하자고 애새끼들 돈 거두고 난리다.
야! 너 일루 와봐.
안 와? 네가 오면 10원에 한 대. 내가 가면 10원에 두 대.
저쪽으로 가자. 돈 얼마 있어?
딱 보니 천 원짜리 몇 개 있겠네.

보자. 주머니에
뭐가 들었나?

아… 진짜. 이건 뭐야? 그냥 가라.
뭐냐?
괜히 끼어들었다가 처맞는데? 요즘 애들 무서운데?
아… 진짜.
손에 피 묻히기 싫은데 꼭 이런 일이 생겨요.

쨔
아…?
쨔

얼굴에 묻었네?

뭐 하는 놈이야?
너희 나쁜 짓 못 하게 할 사람이다.
큭큭큭.
아저씨는 뉴스 안 보나? 학교 집단 폭행 이런 뉴스 안 봐?
그게 왜?

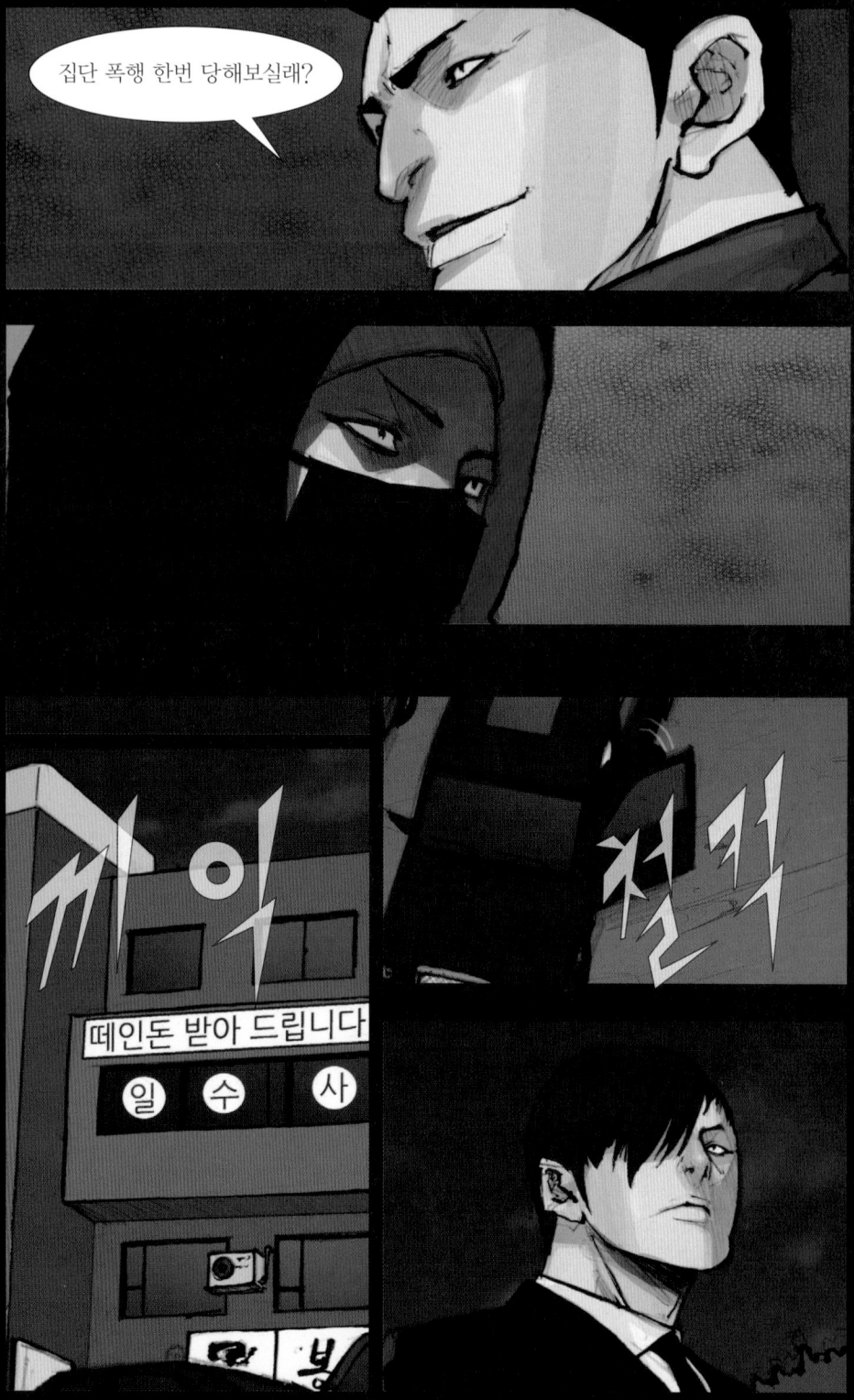
집단 폭행 한번 당해보실래?
끼익
떼인돈 받아 드립니다
일
수
사
철컥

집으로 믿어달라는 거냐? 이 시키야?
확인하려면 따라오시든가.
홍진원
절거
영업 끝났습니다.
탁
돈 갚을 건데?

백푸른이 여기에서 빌린 게
천오백. 이자 붙어서 3천 만들었다며?
아니. 이 새끼가 뭘 잘라드셨나?
말꼬리가 왜 이렇게 짧고 그러시나?
여기 다 있다.
받기 싫어?
그새
이자가 불었는데?
얼마나?

700만 원.
그래?
잔돈은 필요 없어. 끝났지?
영수증.
영수증 써야지. 그리고 푸른이한테 돈 빌려줄 때 작성한 계약서는 내가 보는 앞에서 찢어.
예?
…

짱구 굴리지 마.
그거 어차피 불법이라
법적 효력 없어.
푸른이 돈 갚아주는
키다리 아저씨 정도로 하지.
너희 3천이 끝이 아니야.
바쁘니까 영수증 빨리 가져와.
미성년자 상대로 이딴
거래했다는 증거니까 가지고 있으면
너희도 불리해.
누, 누구십니까?

그리고.
예?
한 가지 확인할 게 있는데
너희 돈만 주면 뭐든 다 하는 놈들인가?

내가 방심하고 있을 때
바로 꽂았어야지.
이제 널 눕힐 수 밖에 없…
잡아!

쉬
쉬
쉬
쉬이익
스스
피이익

그렇지!
탁
탁
탁

이게 내 진짜 실력이다.
끝났어!
피시
퍼어어
퍼어어

피
이
찌아아악
이게 내 진짜 실력이다.
꺽!

!
끄아아악!!

예. 돈만 주면 뭐든 다 하죠. 사람 죽이는 것만 빼고.
떼인돈 받아 드립니다
일 수 사
그런 거 안 시켜. 학교에 학생 몇이 안 나오고 있어.
예?
여학생 한 명,
남학생 둘.
무슨 일인 것 같아?
애들 학교 안 나오는 걸 우리보고 어쩌라고…
난 교육자야. 학생이 학교를 못 나오는 건 대개 두 가지거든. 학교 폭력, 가정사.
교… 교육자?

야… 씨 훌륭한 사람인가 보다.
그런가?
그런데 학교 폭력은 해당이 안 될 녀석들이라서 말이지.
왜요?
애들이 현덕고 애들이거든.
현덕?
전국의 또라이들 전부 모아서 갱생시키는 특수학교야. 사실 서울에서만 다 모였지만 그런 건 중요한 게 아니고 다들 어디 가서 꿇릴 실력은 아니거든.
푸른이 통해서 서북고연이라는 애들이 설치고 다니는 건 들었는데 그게 우리 학교 애들과 무슨 관련이 있는지 모르겠어.
우리보고 그걸 조사해달란 말입니까?

그게 좀 더 착한 일 하는 것 같지 않아? 학교 폭력을 막는다고 생각하면 기분도 좋고.
어… 근데.
일도 쉽고.
우리 비싼데…요.
얼만데?
푸른이는 8천짜리 인생이고 어디 너희는?

하… 한 달에 500.
500?
아, 아니. 동생들은 각자 500이고 난 천이요, 천.
2천? 좋아.
진, 진짭니까?
그, 그럼요. 헤헤헤. 확실하게 조사해서 알려드리겠습니다.
나중에 헛소리는 하지 않겠지?
한심한 인생들…

오… 이사다, 이사.
높은 사람인가 봐.
그럼.
아 참.
예?
쓸데없이 애들 싸움에
끼어들 필요는 없어.
있는 그대로 조사만 해 와.
예. 예. 이사님.

끄으으으…

끄으으으…
아악…

모르는 걸 보니
아직 전달되지 않은 것 같은데
넌 분명히 전해라.

독고가 서북고연
해체한다고.

끄윽…

합동
독서실
캉
뭐?
합동
꾹욱
제길.
띠리리리

응, 희성아. 들었어.
이번에도 독고라고 했다며?
야. 반씨들한테 전에
그 골목 털라고 해야 되는 거 아냐?
너희 골목 털어서 독고
끌어낸 적 있다며?
희성아, 잠깐만. 흥분한 건
알겠는데 내 얘기 들어.
반씨들 돈 먹는 속도가
너무 빨라서 조절해놓은 거야.
지금 독고 털 타이밍 아니야.
뭔 이야기를 들어!
지금 당장 독고 털어야지.
골목 털어서 유인하자니까?
그럼 뭐야? 한창공고
이어서 우리 학교 털기 시작했는데.
이게 답답한 게 그 새끼는 확실한
목표가 있는데 우린 누군지를 몰라.
앉아서 당할 수밖에 없다니까?
희성아. 이거 이사회에서
해야 할 이야긴데 먼저 이야기할게.
한창 털리고
각 학교별 영역 새로 짜서
넘긴 거 알지?
뭘?

알아.
영역 바꾸자마자 털렸어.
오늘 털린 데 원래 한창 구역이야.
한창이 제일 가깝고.
그런데?
한창은 지가 털었잖아.
근데 또 한창 털려고 거기서
어슬렁거렸겠냐?
응?
정보를 얻은 거야.
누가 독고한테 붙은 거라니까? 아니면
우연히 그렇게 됐다는 건데 난 세상에
우연은 없다고 생각한다.
너희 학교 구역
관리자 누구야? 상대지?
어…? 그렇긴 한데.
야. 그래도 우리 학교는 아니지.
상대가 시현이 깔려고 독고랑
붙는다는 게 말이 돼?

그래. 어차피 다 확인해봐야 돼.
일단 내가 맡고 있는 우리 학교는 아니고
기천도 선후배끼리 안 그럴 것 같으니까 아니고
다른 학교 담당자들 한 명씩 바꿔보자.

거기서 에러 나는 놈이 독고랑
붙어먹은 놈이니까 그 새끼부터
단속해놓고. 응?

…

내부 단속하고
독고를 잡든 뭘 하든
해야 한다니까?

알겠다.

뭐래?

그냥 뭐…

참 어렵게 간다.
병신들.

기천고 부짱 박석호

그냥 내가 잡아줄게.
반씨들 먹는 돈
나힌데 달라니까?

안 돼.
좀 더 지켜보기로 했으니까
나중에 얘기할게.

주먹만 썼으니
내가 부짱이었던 거 아닌가?

원래 내 스타일대로 싸우면
좆도 아닌 게 명령질은.

!

어이구. 무서워.
내가 짱님한테 개겼네.
부짱 주제에.
뭐가 불만이냐?
불만 없는데?
그냥 뭐…
서북고연 이사회들이
너무 해처먹는 것 같다는
느낌적인 느낌?
…

나도 좀 끼워달라는 작은 호소?
협박하듯 말하지 마.
어휴. 협박이라니요. 짱님한테. 우리 희성이 화 많이 났나 보네.
툭
무서워서 내려가야겠다.
다시 짜야 하는데… 어떻게 덫을 친다? 덫을 쳐서 걸렸다 해도 잡을 수가 없으면 아무 소용이 없잖아.
삐
삐
예. 민찬 형님. 현덕고 애들 밟고 난 후에 어떻게 되었나요?

우리 말 듣게 만들어놨지.
독고는 내일부터 본격적으로
쪼아 나갈 거다.
예. 예.
저기 근데요.
왜?
내일 저녁에 몇 명
빌려주실 수 있으세요?
누가 찾아왔는데?

뭐야? 넌.
어… 어제 신고하라고 해서요.
독고 알아?
예… 에. 예전에 싸우는 거 본 적 있어요.
싸울 때 꼭 머리 묶는다고 하던데 맞아?
그, 그랬었나?
가자. 각 반 돌아다니면서 얼굴 확인하자.
어… 얼굴은 모르는데요.
뭐?

이세운이 학교를
나오면 좋을 텐데.

안 나오는 놈 신경 쓸 필요 없고
누구 한 명 잡자. 아무나.

너 같으면 아무 상관없는 녀석
잡는다고 독고가 나타날까?

우린 안 그러지.
근데 독고라는 놈은
그럴 것 같은데?
…
선생들 눈치 못 채게.
알지?
당연하지.
범구한테 시키면 돼.
이렇게 해두면 일단
난 제외할 거다.

아니라고 말해

사과머리
마법 소녀
청.순.
마!
의외로 상상력이 풍부 한듯
히이익

쾅
일어나.
어?
일어나라고!
쾅
독고 안 나타나면 오늘부터
한 명씩 죽는다고 공지됐지?

오늘은 이 새키다.
독고 있으면
점심시간 끝날 때까지
체육관으로 와라. 안 그러면
이거 오늘 작살난다.
아… 아…
잠깐만… 잠깐만…

넌 뭐야?
아, 아냐.
비켜.
어… 응.
점심시간까지 체육관.
?
이… 씨.
왜?
이사님한테 신고하려고. 여기까지 와서 저게 뭐 하는 짓이냐고.
이사?
근데 고슬기 진짜 몰라?

시금 며칠째
안 나오는 거냐고?
내가 뭘?
아, 진짜.
디디
디디
디디
형님, 저 상댑니다.
하루 만에 구역 변경하려니까
종석이도 머리 아팠나 봐요.
오늘 구역 변경은 없고요.

시현이 아웃 돼서 오늘은 3학년 4짱 병건이가 역할 대신합니다.

상대

형님 저 상댑니다.

하루만에 구역 변경하려니까 종식 아팠나봐요.

오늘 구역 변경은 없구요 시현이 아웃 3학년짱4짱 병건이가 역할 대신합니다

저하고 서열 하나 차인데 저하고는 비교도 할 수 없을 정도로 약합니다.

근데 형님 어제 어디 계셨어요?

내가 생각한 첫 번째 일주일이 거의 지나가고 있고

서북고연과 현덕고가 동시에 나를 찾아다니게 만들었다.

빨리 끝낼 수 있겠어.

주도자가 반민차? 반월현?
네. 강범구가 똘마니 같아요.
그 녀석들 참… 아! 요즘도 애들 학교 안 나오지?
강혁은 나와요. 슬기만 계속 안 나와요.
그래? 알겠다. 처리할게.
네.
이 건은 바로 해결할 테니.
다른 일 생기면 또 신고해.

반민찬, 반월현 학생은 지금 즉시 이태성 이사실로 오기 바랍니다.
다시 한 번 알려드립니다. 반민찬, 반월현 학생은…
응?
뭐지? 누가 신고한 거 아냐?
…
다빈이한테 찾아내라고 지시해. 그냥 넘어가면 다음에 다른 녀석들이 신고할 용기를 내니까.
찾아내면?
알아서 해도 되냐는데?

알아서 해도 되는데 일
크게 치를 거면 학교 밖에서 하고.
오케이. 가자.
어머니가 아프시구나.
폐병이면 요즘 없는
병 아니야?

가난해서요.
푸른이는 멍청해서
정을 주는 방식이 나았지만
이놈들은 꼭 뱀 같은 분위기군.
모르는 척하는 게 좋겠어.
...
독고를 찾고 있다?
독고가 누군데?
너희가 이 학교에서
쫓겨나도 될 정도의 인물이야?

긴말하지 않겠다.
이 학교가 너희에게 갱생의 기회를
주는 대신 처벌도 엄격해.
...
오늘 점심시간에 누구 한 명
작살낼 모양이던데 그거 실행하면
너희 둘 다 퇴학이야.
붙잡은 애 돌려보내.
좋은 말 할 때.
예. 알겠습니다.
나가.

죄송합니다.
하려면…!
학교 안에서 말고 밖에서 해.
나 모르게.
왜 그런 표정이야?
그냥 한 말이다.
엉뚱하게 상상하지 마.
예.
이사 마지막 말…

그냥 중얼거린 거 아니야?
그런가? 근데 내가 느끼기엔 좀…
아, 잠깐만 다빈이한테 톡 왔어.
최유라? 여자애라는데?
선영이. 걔들 엉망이야. 고슬기 하나 잡는 데 시간이 뭐 그렇게 오래 걸리는지.
거… 슬기 잡은 애들 있지?
고슬기는 여자 중 좀 치는 스타일 아냐?

그런가?
박선영 시켜서 최유라 밟으라고 해.
오케이. 그럼. 아, 이 시키.
왜?
다빈이 이 좆만 한 게 지가 해결하면 안 되겠냐는데? 욕정이 뻗었단다.
미친놈. 안 된다고 해.
그런데 말입니다.
툭 툭

띠리리리
발견 당시 피해자의 손목에…
…유력한 용의자였던…
언니.
뭐야? 왜?
슬기 아직 거기 있어?
그래, 여기가 지네 집이야.
아주. 오늘도 와서 삐대고 있다.
누구야? 내 얘기하는…

저리 가.
아, 언니. 더럽게 발로.
알았어. 근데 너. 그거 하는 거지?
그거라니?
솔직히 얘기해봐. 독고가 독고하는 거잖아.
뭔 소리냐?
유행어도 모르고 진짜. 너 작년 태산고 같은 거 하고 있지?
...
이거 봐. 연기 개뿔도 못하네.
끊자.
근데 이번엔 왜? 네가 나서야 될 명분이 있어?

나한텐 엄마가 제일 중요해.
갑자기 무슨 소리야?
엄마를 도와주는 분을 도와주려고. 빚을 졌으니 갚아야지.
지랄. 혹시 이 누나가 나설 일 있으면 얘기해라.
네가 여자애들을 어떻게 잡겠냐? 여자애들도 있지?
아직은 괜찮아. 최유라가 걱정 많이 한다고 슬기한테 전해. 연락 한번 하라고.
끊어.

뭐래?
최유라라는 애가
너 걱정 많이 한대.
헤. 내가 좀 무심했나?
연락해볼게.

여보세… 야!
일,
뭐야? 왜 연락이 안 돼?
미안, 미안.
오늘 저녁에 볼까?
뭐 이런…
미안하다니까?
대신 진짜 멋진 언니 한 명
소개시켜줄게.
어디서?

다빈이는 어디 갔냐?

몰라.

근데 우리 서북고연에 지원 왜 나가는 거야?

모르지, 뭐.

안녕하세요.

김종석입니다.
네가 우리 빌려달라고 했다며?
예. 그런데 한 명 안 왔네요.
그 자식은 안 올 것 같은데?
할 수 없죠. 가시면서 설명 드릴게요.

끼익
내가 어쩌다가 널 따라 나왔는지 모르겠네.
에이. 언니도 가만 보면 집순이던데 가끔 코에 바람 좀 넣어주고 그래야지.
말이나 못하면. 어디서 만난다고?
내가 근데 이 동네를 잘 몰라. 내가 다니는 학교가 특수학교라서 학군 구분 없이 입학하더라?
이 동네 조그만 번화가 하나밖에 없어. 근데 초행길이면 길이 좀 복잡한데?
에이. 애도 아니고. 알아서 찾아오겠지.
네가 그쪽으로 가야 되는 거 아냐?
멀면 언니가 안 간다며?

후우… 참자.
헤에.
남자 부를까?
남자? 부를 남자 있어?
전복 셋이 모여서 뭐 하니? 기다려봐.

야. 트로트. 일 끝났지?
오랜만에 한잔하자. 누나가 쏠게.

앙? 진짜?

라면에 깡소주 할 거면 나와.
김치전골 어때?

아… 이거 남자
존심이 있는데.

끊을까?

지도 찍어서 보내줘.
일당 받아서 금방 갈게.

지도는 무슨?
전박사 알지?

아 전박사. 오케이.
지금부터 10분간 전화 안 될 거야.
일 마치고 반장이 연설 한 번 하고
파이팅 외치는 타임이라.

알았어.

오오오…
언니 다시 보여.
있어 봐.
한 명 더 있어.
두 명이나?
남자 한 명을 어디다 쓰냐?
두 명은 돼야 시켜먹을 수 있는 거지.
아, 여보세요?

대학생.
얼굴 한번 보자?
태진이도 온대. 뭐?
동기랑 리포트 한다고?
밤에? 여자지?
사귀네.
사귀는 거야.
있잖아. 태진이가 지금
일당 받는 노가다잖아.
그래서 사는 게 너무 어렵고
힘든가 봐.
막 울면서 갑자기
나한테 전화가 왔는데
많이 취한 것 같더라.
에?
그래서 애가 나쁜 생각할까 봐
일단 만나기로 한 거거든.

뭐? 거짓말 아냐?
AUD
왜?
잠깐만.
진짜 무슨 일 있나?
야 트로트. 종일이 부재중 들어 갈건데
그거 보고 전화 하지 마
머
말고

미안하다. 오늘은 친구가 좀 힘들어 보여서 가야겠는데?
뭐? 어떤 친구? 그때 그 고등학생 친구?
아니야.

뭐 하는 친구인데?
그냥… 일 나가.
무슨 일?
그냥 일용직인데 아르바이트로…
그럼 어느 대학 다니는데?
서희야. 그게 중요한 게 아니잖아.
말을 해야지. 나랑 선약이었잖아.
지금 나하고 약속을 깨는 건데 내가 이해할 수 있게 말해줘야지.
고등학교 중퇴야.

뭐?
그게…
어이가 없네, 진짜.

좋은 친구야.
지금은 조금 괴로운 거고.
좋아. 확실히 해줘.
그럼 가도 좋아.

뭘?

그런 친구들 이제
정리해줬으면 좋겠어.
서희야.

당장 오늘 가서 우정 끊으라는 말 아냐.
근데 그냥 학교 일 바쁘다고 공부하기 힘들다고
그렇게 말하면서 천천히 멀어졌으면 좋겠어.
…
절대 도움 안 돼.
그게 사실인 걸 너도 알잖아.
…

대답해. 그럼 보내줄게.
일단 가야 하니까 속에도 없는 말 한 거 아니지?
알았어.
하지만 난 진심으로 받아들일 거야. 너 나한테 오늘 분명히 약속했어.
으… 응.

보자, 여기 골목에
기가 막힌 전 집이 있는데?
오오… 언니.
근데 막 거짓말해도 돼?
와서 막 배신감 느끼면 어떡해?
애가 착해서
놀려먹기 편해.
여기 찾기 힘들 것 같은데?
그리고 가게가 넘 추레하다.
애도 아닌데 뭐 어떠냐며?
지도나 보내줘라.
이모! 여기 막걸리랑
모듬전에 된장 하나요.

끼익
부웅
어디야?

그러게, 어딜까?

오늘도 못 보는 거 아냐?
오늘은 봐야지. 김병건이라며?
택도 없이 짜질 텐데 뭘.
너랑 비슷한 거 아니야?
뭐래? 내가 하안~~참 위거든? 그리고 병건이 시현이보다 못 쳐. 2학년이라도 짱이 괜히 짱인 줄 알아?
그럼 시현이랑 넌?
내가 훨씬 세지. 비교조차 안 돼.
미친… 하여튼 여긴 안 올 것 같다. 다른 데 가자.

병건 선배 뭐냐? 음악 듣고 있나?
3학년이 필드에서 뛰니까 짜증 나겠지 뭐.
오늘은 누구 삥을 뜯나…?
무슨 말인지 다 알아들었지? 절대 네가 나설 필요 없다. 오늘 현덕고에서 지원 나오니까.
으아아암…
야.
예?
아무나 좀 삥 좀 뜯어라. 심심해 죽겠다.

하… 요년이 왜 이렇게 안 온대?
버스 탔다고 한 지가 언젠데?
드륵
왔어?
어? 벌써 한잔했네?
진짜 딱 한 잔만 했다.

근데 종일이한테
전화하지 말란 건 뭐야?
종일이 불렀는데
그런 게 있어. 혹시 전화했어?
아니. 하지 말라며?
색희. 말을 잘 듣는다니까.
자 한잔 받아.
언니.
아! 여기 고슬기.
어쩌다 알게 된 애.
여긴 표태진. 인생 막장으로
살고 있는 애.

스무 살에 노가다가 뭐냐?
숭악하다, 숭악해.
드륵
왜요?
밖에 여자애 서넛이서
한 명을 잡아서 죽일 것처럼 때리는데…
세상 무서워, 진짜.
응?

어디예요?
누가 경찰에 신고한다니까 다른 데로 끌고 갔는데 모르지.

왜?

네가 이런 거 보면 그냥 못 넘어가는 거 알고는 있는데…
근데?
아까 말 못 들었어? 여자애들이라고.
응?
가도 누나가 간다 이거야. 넌 여기 있어. 어디 여자 싸움에 남자가 끼어들어?
비틀
주제도 모르…
야… 야!
비틀

어?
엇!

좋냐? B컵인데.

고… 고의로 그런 거 아니다.
어쩌다 보니.
비틀
너… 나중에 얘기하자.

재, 한 잔만
먹은 거 맞아요?

아… 주전자
3개째였는데요.

갔다 올 테니까
테이블 치우지 마요.

하!

안 따라가요?
여자애들밖에 없다고 했잖아요.

예.

그럼 괜찮아요.
여긴 지나가는 사람 없겠지?
없어.
그래.
탁
대체… 왜…?
짜

짜
짜
짜
앞으로 학교에서
무슨 일이 일어나도
신고 같은 거 하지 마.
!
쓰레기
이탈속
피이익
끅!

야!
여길 줄 알았어.
이 동네는
여기밖에 없거든.
뭐가?
여자가 노상방뇨
할 만한 곳이.

미친년인가?
너희 뭐 하니?
나 오줌 싸게 좀 꺼질래?
응? 이 쌍년들아.

미친년이
세상을 모르네.
저거 좀 치워.

!
뭐 좆도 아니네.
아니 좆은 남자 거니까.
씹도 아니네.

이런 거 진짜 짜증 나.

뭐가?

누군가 나타나서
방해하는 거.

쉭
어? 넌 좀 하는구나?
파아

취했네.
썅.
쉬익
앗!
피이익

아아앗! 이 비겁한 년이.
역사와 전통의 머리끄덩이다. 쌍년아.
내가 술에만 안 취했어도 너 죽었는데. 다행인 줄 알아.
아악… 아아아악… 항복. 항복.

어? 왔냐?
엥? 어떻게 된 거야?
너 여기
이 아가씨랑 좀 같이 있어라.
한솔이 데리고 올게.
너한테 문제 있다던데?
너 부르려고 뻥친 거야.

고… 고맙…
야야! 너도 비켜.
나 너 도와주러 온 거 아냐.
네?
비키라고.
네… 네.
아 참, 넌 저쪽으로 가.
저쪽에 길 있어.
버스 정류소 바로 나오니까 가.
네… 감사합니다.
야. 저거 얼굴
제대로 기억해놔.
남자애들한테
이야기해야 돼.

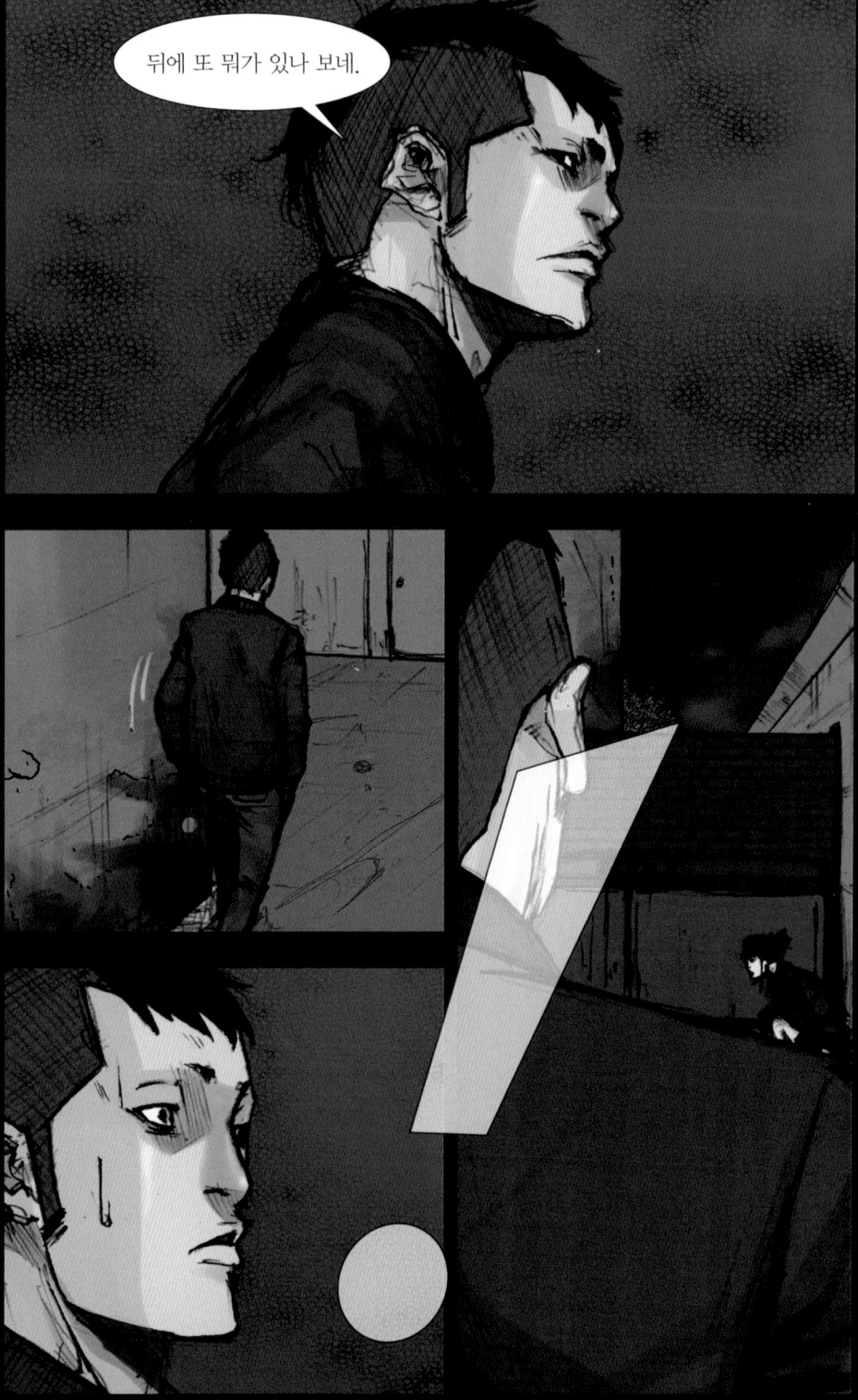
뒤에 또 뭐가 있나 보네.

아… 시원하다.
…
…

봤냐?
아, 아니!
얼굴 빨간 거 보니 봤네?
아, 아니야. 그냥 당황해서.
뭐 친구끼리 그럴 수도 있지.
툭
툭
김치전골은 너 오면 시킨다고 안 시켰거든. 가자, 먹어야지.

야 야.
여기 만 원 있네. 응?
그… 그건
문제집 사야 하는데…
타
문제집
사야 되냐? 응? 응?
이래도?
타
이래도?
얼굴 봐라.
쫄아가지고.
응?

진짜네? 진짜 삥을 뜯으니까 나타났네?
어이. 내가 아니야. 뒤 좀 보지?
?

모자 벗어.
시야 가려.
…
참고로 난
레벨이 좀 다르니까
조심하는 게 좋아.

싫어?
그럼 뭐.
!

쉬익
쉬익

어쭈?
쿵
피
어

악랄한 놈이네.
방금 너 손목 부러뜨리려고 하던데?
어디 갔다 왔어?
다른 데 있었지. 그래도 저 자식 호출 받고 금방 왔잖아.
지금까지 상대했던 애들과 같은 패턴으로 상대하면 안 되겠어.
이 녀석들은 확실히 달라. 거기다 상대는 두 명.

권투는 배우고
그따위 폼을 잡는 거냐?

난 4년 전까지
라이트 웰터 아마
챔피언이었다.
자세만 보면 알아.

엉터리로
흉내 내고 있는 거.

!

네가 하는 건 복싱이 아니다.
이게 복싱이다.

준호! 빨리 끝내.
멍청아. 데미지 쌓고 있잖아.
결정타는 막판에 넣는 거야.

별거 아니네.
이딴 실력으로 애들 상대로 정의의 기사 노릇 하고 있었냐?
카하!
그럼 내가 치운 애가 네 친군가 보네?

그런가 봐. 톡 온 거 아무리 봐도 딱 언니 얘기야.
다시 오라고 해. 여자가 뭐 그런 일로 집에 가냐?
헤. 놀랐나 봐. 이제 톡 보내도 읽지도 않네.
뭐 2대 2니 잘된 거 아닌가?
그러네? 술 따라라. 술은 남자가 따라야 제맛.
근데 넌 표정이 왜 그러냐?

아니, 난 진짜 중요한 일인 줄 알고 왔는데 속은 것 같아서.
뻐졌어? 까까 사줄까?
됐어. 별일 아니면 됐지, 뭐.
근데 너 여자 사귀지?
응?
내 눈은 못 속인다?
얼마 안 됐어.

오오…
대학생 커플이다.
에이. 농담이잖아.
정색하고 그래?
그놈의 대학생은…?
그만 좀 해. 친구 사이에.
난 재미없어.
알았어, 알았어. 난 제수씨
언제 소개시켜주냐?
아, 그게… 그러니까
축제도 있고 과 행사도 있고…
응?
왜?
왜?

아, 뭐 그런 쌍년이 다 있어? 당장 헤어져!
왜 그래?
딱 보면 모르냐? 종일이가 그런 거 신경 쓸 애야?
고 여우가 뭐라고 한 거야. 왜? 태진이 창피하대?

아, 아니야. 그런 거.
아니긴?
딱 촉이 오는데!
마! 우리 옛날에
약속한 거 있지?
우리보다 우리한테 생긴
여자친구가 우선이다.
우리 3년 전에 약속했다.
그지?
...
그래서 작년에 혁이
터지든 말든 한솔이나 예란이부터
구한 거고. 맞잖아.
그랬지.

네 여친이 우선이야. 고민하지 마라.
내가 더 멋있는 놈이 되어야지.
네 여친 잘못한 거 한 개도 없다.
…
오늘은 왔으니까
한잔하고 다음부터 안 만나도 돼.
내가 조금 더 형편이 펴면
그때 같이 보자.
미안해. 그래도 난…
야야. 그만! 그만!
진지한 이야기는 여기까지.
어우 간지러워. 먹자. 먹자.

자, 다시 가볼까?
스윽
찌
!
틀
내가 하는 게
복싱이 아니라서.

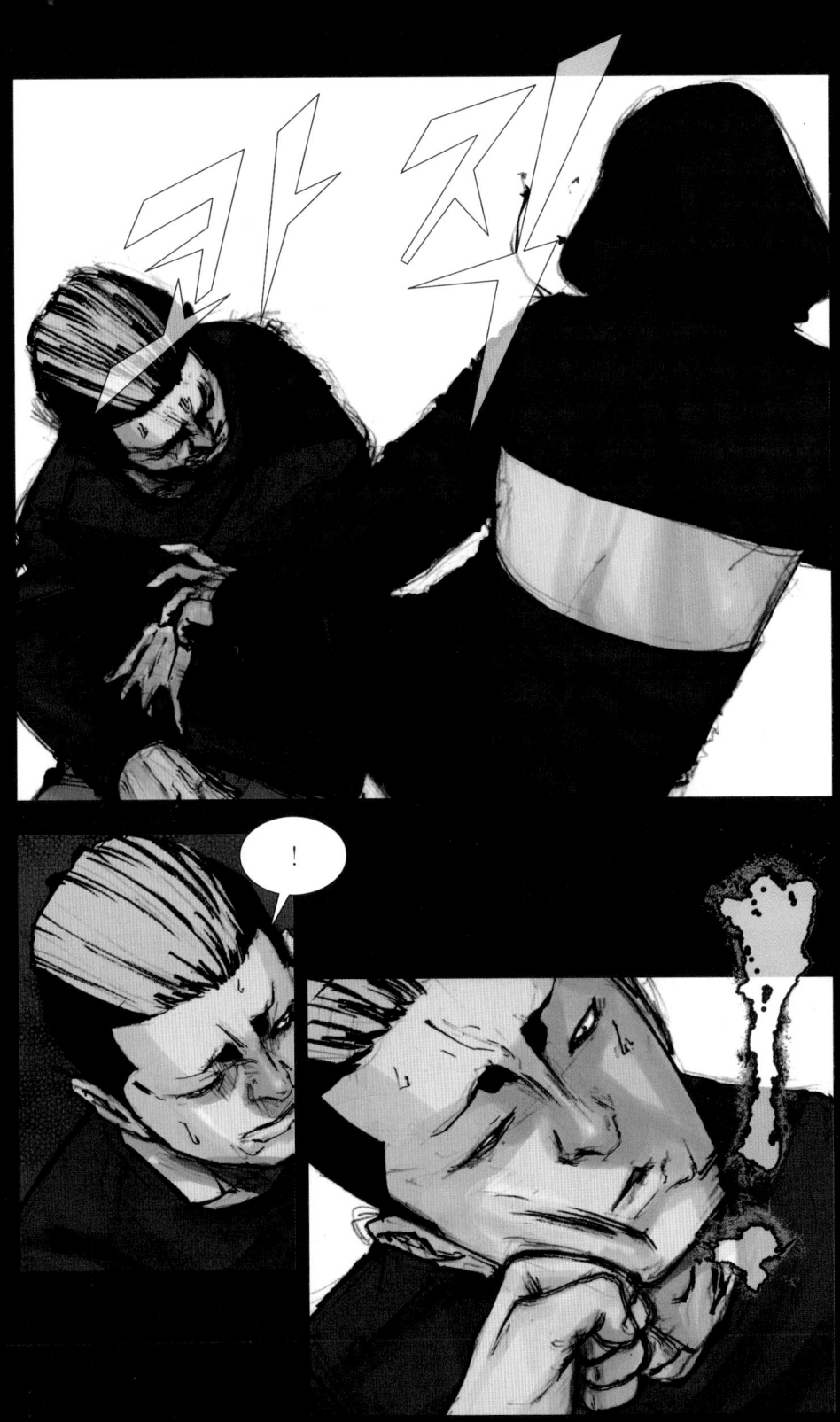
ドス!
!

퍼억

이런 주먹은…!
크아

우드득
끄아아아아!!
이제 다시 너 혼자구나.
도와드릴까요?
됐어. 이 자식은 네 상대 아니야.
제길. 지 상대도 아닌 것 같은데 허세는.

인정해줘야겠군.
제법 잘 친다, 너.
이거나 치워.
고마워해야 하는 건가?
그런데 말이다.
넌 내 레벨을 아직 몰라.
현덕고에 어떤 괴물들이 모여 있는지
모른단 말이지.

오랜만이야. 정말 제대로 싸워야겠다는 기분이 든 건.
피
퍼
퍽
치

현덕고 한 명,
한 명이 이런 식이면…
으아아앗!

콰
꽤 곤란하겠는데?
콰직

콰직
콰직
콰
직

쌍.
어거지로 밀어붙이는 타입?
태진이한테 배운 씨름 기술로
균형을 잃게 하고 공격하면…

어이.
날 뛰는 건 거기까지.

이건 뭐야?

왜 이렇게 늦게 오냐?
신고자 처리 좀 하느라.
!

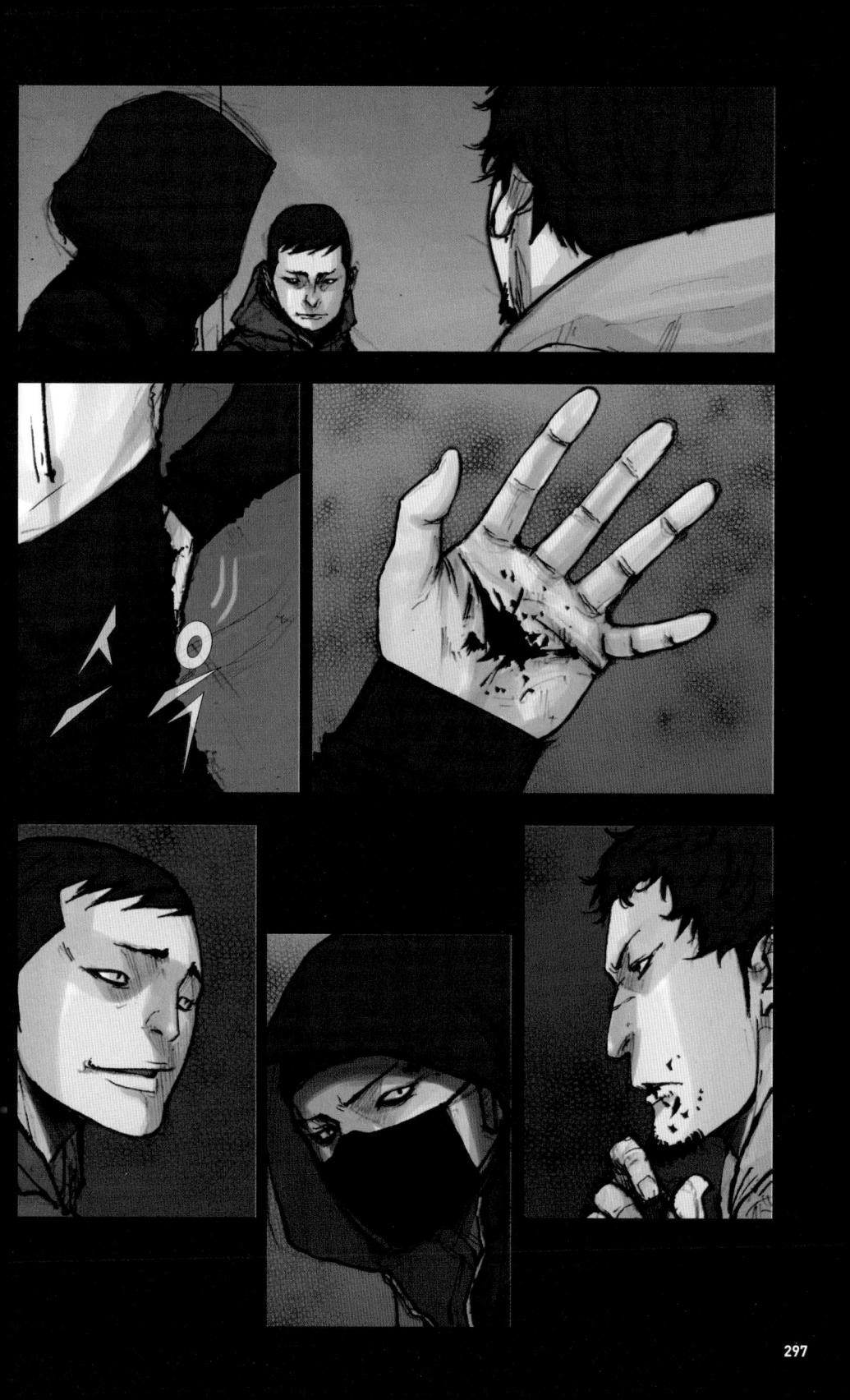

그놈의 마스크
오늘 좀 벗겨볼까?
치이익
TEMPER
ㅅㅅ

끼이
이
잘했어!
윱스.

다다다다
엇.
!

잡아!
야! 잡아!
뛰어!
다다다다

저 새끼. 되게 잘 치던데?
내가 기습 안 했으면 너 좆 됐을걸?
뭐래? 미친놈아.
별거 아니던데.
양학만 하다가
수준급 상대하니 그런 거야.
다음에 만나면 너 개털린다?
뭐 인마? 너도
마찬가지 아냐?
이게 날
지랑 같은 수준으로 보고 있네.
담엔 도와주지 말까 보다.
야, 됐고 배신자 뭐 어쨌다고?
너 일 치렀냐? 그거 했냐고?
난 DNA
남기는 짓은 안 해.
뭐?

그냥 발발 떠는 거 보는 게 재밌는 거니까.

이 또라이…

띠리리리

4권에서 계속

독고2 3

초판 1쇄 인쇄 2019년 6월 27일
초판 1쇄 발행 2019년 7월 15일

지은이 민 백승훈
펴낸이 김문식 최민석
편집 이수민 김현진 박예나 김소정 윤예솔
디자인 손현주
편집디자인 김철
제작 제이오

펴낸곳 (주)해피북스투유
출판등록 2016년 12월 12일 제2016-000343호
주소 서울시 성북구 종암로 63, 4층(종암동)
전화 02)336-1203
팩스 02)336-1209

© 민·백승훈, 2019

ISBN 979-11-88200-81-8 (04810)
979-11-88200-78-8 (세트)

• 뒹굴은 (주)해피북스투유의 만화 브랜드입니다.
• 이 책은 (주)해피북스투유와 저작권자와의 계약에 따라 발행한 것이므로 무단전재와 무단복제를 금지하며, 이 책 내용의 전부 또는 일부를 이용하려면 반드시 저작권자와 (주)해피북스투유의 서면 동의를 받아야 합니다.
• 잘못된 책은 구입하신 곳에서 바꾸어드립니다.